옥토끼의 소원

KB191509

그림 Me

대학에서 컴퓨터 그래픽을 전공했습니다. 미술과 관련한 다양한 일을 하다 어린이책의 프리랜서
일러스트레이터로 활동하며 꿈을 향해 달려가고 있습니다.
그린 책으로는 〈에르히메르겡 궁사〉가 있으며
대표작에는 공익 광고 '알리바바와 40인의 도둑들'이 있습니다.

옥토끼의 소원

글 고상한 그림책 연구소 | 그림 Me

상상의집

안녕하세요?

옥토끼 소원 센터입니다.

추석을 맞아 여러분의 소원을 들어드리니

보름달이 떠오르는 날,

010-468X-50X8로 문자 주세요!

선착순 마감 주의!

가족 단위 참가 대환영!

"뭐? 소원을 들어준다고?"
찬규가 신나서 소리쳤어요.
"얼른 우리 가족 소원을 알아보자."
찬미는 말이 떨어지기가 무섭게 부엌으로 달려갔지요.

"할머니 소원은 뭐예요?"

"하이고마, 간 널찌는지 알았네. 정신 사납꾸로 뭐 하는 기고."

찬규와 찬미가 바짝 다가서자 할머니는 깜짝 놀라셨어요.

"할머니, 너무 빨리 이야기하면 받아 적을 수가 없어요."

"안 되겠다. 동영상으로 찍자."

찬규는 최신형 휴대 전화를 꺼내 할머니의 얼굴에 갖다 대었지요.

동글동글 호박전을 부치던 할머니의 눈이 동그래졌어요.

"하이고, 남사시럽게 소원이랄 게 뭐 있겄나.

아들딸 며느리 다 건강하고, 회사에서 일도 잘하고,

서로서로 도와가믄서 억수로 행복하고,

우리 손주들도 몸 튼튼하고 공부 열심히 하고…….”

할머니의 소원은 끝이 없었어요.

프라이팬에서는 지글지글 전 부치는 소리가 계속되었지요.

“할머니 한 가지만요. 한 가지만!”

“막내야! 니 제발 시집 좀 가그라!”

찬미는 송편을 빚고 있는 고모에게 달려갔어요.

"고모 소원은 뭐야?"

"시집가라는 말 안 듣는 게 소원이다."

"시집가면 안 들을 텐데…….".

"뭐야? 너까지."

고모는 화가 난 듯 꾹꾹 힘주어 송편을 만들었어요.

"엄마는 소원이 뭐예요?"

"음, 우리 찬규가 1등 하는 거?

우리 찬미가 옆집 희원이보다 키 크는 거?"

엄마의 소원은 꼭 잔소리 같아요.

그래도 엄마의 소원이 꼭 이루어졌으면 좋겠어요.

뒷산에서는 벌초가 한창이에요.

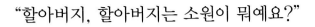

"할아버지, 할아버지는 소원이 뭐예요?"

"더도 말고 덜도 말고 십 년만 젊어지면 좋겠다."

"지금도 십 년은 젊어 보이세요."

아빠의 말에 할아버지는 함박웃음을 터뜨렸어요.

"아이고, 기분 좋다!"

"작은아빠 소원은 말 안 해도 알아요.
아기가 건강하게 태어나는 거죠?"
작은아빠는 깜짝 놀란 표정을 지었어요.
"족집게 귀신일세."
찬규와 찬미는 마주 보고 웃었지요.

이제 옥토끼에게 소원을 보내 볼까요?

"잠깐! 외가 식구들이 빠졌어."

찬미가 소리쳤어요.

"외할머니 외할아버지 소원은 뭘까?"

"전화드려 보자!"

찬규가 얼른 휴대 전화 버튼을 눌렀어요.

"하이고, 내 퇴깽이들. 마카 무럭무럭 건강하게 자라래이.
운제 공부도 쪼매 더 잘하믄 좋갰는데. 알았나?
하이고, 전화비 한 무뎅이 나오겠사. 이만 끊어야."
휴, 소원을 물어볼 새도 없었어요.

"보름달이 떠오르고 있어. 어서 소원을 빌어야 해."

찬규와 찬미는 크고 둥근 보름달을 보며 가족들의 소원을 떠올렸어요.

"할머니 소원이 뭐였지? 아빠 소원은? 엄마 소원은?"

"우리 가족의 소원은 딱 하나야."

찬규가 눈을 찡긋했어요.

'모두 건강하고 바라는 일 잘되게 해 주세요.'
추석날 아침, 가족들은 모두 한 가지 소원을 빕니다.

올해의 소원 잘 들었습니다.
가족의 건강과 세계의 평화는
옥토끼가 책임질게요!
다음 추석에 또 만나요.

★ 울긋불긋 가을이 왔어요

높고 푸른 하늘을 보니 가을이 왔나 봐요. 모두 산과 들로 단풍 구경을 떠나네요. 날씨가 선선해 책을 읽기도 좋아요. 넓게 펼쳐진 들판에는 허수아비가 새를 쫓고 농부 아저씨들이 서로 도우며 벼를 수확해요. 햇곡식과 햇과일이 시장 가득 진열되어 있고요, 학교에서는 가을 운동회 준비가 한창이지요. 여러분은 '가을' 하면 무엇이 떠오르나요? 가을과 관련한 경험들을 이야기해 보아요.

★ 가을에 볼 수 있는 열매

가을에 나는 곡식이나 열매에는 무엇이 있을까요? 가을철에는 들판에서 쌀을 수확하거나 과수 원에서 사과, 배를 따는 모습을 종종 볼 수 있어요. 밤이나 도토리를 줍기 위해 산에 오르기도 하고, 집이나 학교 주변을 오가다 은행 열매와 감을 보기도 해요. 가을에 나는 열매와 열매 속의 씨 앗을 살펴보세요. 모양, 맛, 크기, 색깔, 촉감 등을 관찰해 봅니다.

★ 즐거운 추석맞이

　추석은 음력 8월 15일로 한가위라고 불러요. 가을의 한가운데 달이며, 팔월의 한가운데 날이라는 뜻을 지니고 있지요. 추석에는 가을의 수확에 감사하고 조상들에게 감사하기 위해 차례를 지내고 성묘를 해요.

　추석이 다가오면 음식을 장만하기 위해 장을 보고, 음식을 만들어요. 또 흩어진 가족을 만나기 위해 차표를 예매하기도 해요. 오랜만에 만난 가족들에게 줄 선물을 미리 준비하기도 하지요. 차례를 지내는 경우에는 집을 청소하고, 차례 때 사용할 제기를 닦고 차례상에 올릴 음식을 준비해요. 미리 조상의 산소를 벌초하기도 하지요. 추석 전날에는 송편을 빚으며 한 해의 소원을 빌기도 하고요.

★ 달맞이하며 소원 빌기

　추석에 보름달을 보고 소원을 빌면 소원이 이루어진다고 해요. 옛날에는 보름달을 보고 달빛에 따라 그해의 농사를 점쳤기 때문에 보름달에 대고 풍년을 빌거나 가족들의 건강과 행복을 비는 풍습이 생겨났어요. 또 농경 사회에서는 농사의 수확량이 가족들의 풍요로운 삶과 직접적인 관련이 있었기 때문에 더욱 달맞이가 중요했지요. 오늘날에도 추석이나 정월 대보름날, 크고 둥근 보름달을 보며 소원을 비는 사람들이 많아요. 나의 소원을 직접 빌거나 친구, 가족들의 소원을 대신 빌어 주지요.

★ 길쌈놀이와 강강술래

실을 내어 옷감을 짜는 일을 길쌈이라고 해요. 삼, 누에, 모시, 목화 등의 원료를 이용하여 베, 명주, 모시, 무명 등의 옷감을 짜 내지요. 부녀자들은 서로의 집을 차례로 돌면서 함께 길쌈을 하여 짧은 시간에 많은 작업을 할 수 있도록 했어요. 부녀자들은 음력 7월부터 8월 추석에 이르는 동안 길쌈을 하고 난 뒤 함께 이야기를 하거나 편을 갈라서 승부를 가리는 길쌈놀이를 하기도 했어요. 8월 15일 밤에는 많은 음식을 장만하여 진 편이 이긴 편에 음식을 장만하여 대접했지요. 한가윗날 밤에 하는 놀이에는 강강술래도 있어요. 여인들이 손을 잡고 넓게 동그라미를 그리며 뛰노는 놀이지요. 한 사람이 먼저 노래를 부르면, 나머지 사람들이 '강강술래'라고 외치며 점점 빠르게 도는 놀이예요.

★ 차례 지내기

우리나라에서는 추석날 아침 가장 먼저 차례를 지내요. 한 해의 수확에 감사하는 마음으로 차례를 준비하지요. 또 조상을 기억하고 그 은혜에 보답하려는 의미도 담겨 있어요. 예전에는 조상의 신주를 모시는 사당에서 지냈지만 지금은 대청(거실)이나 큰방에서 지내요. 하지만 집의 형태나 지역에 따라 조금씩 다르게 나타나지요. 추석 차례상에는 송편을 올리는 것이 특징이랍니다.

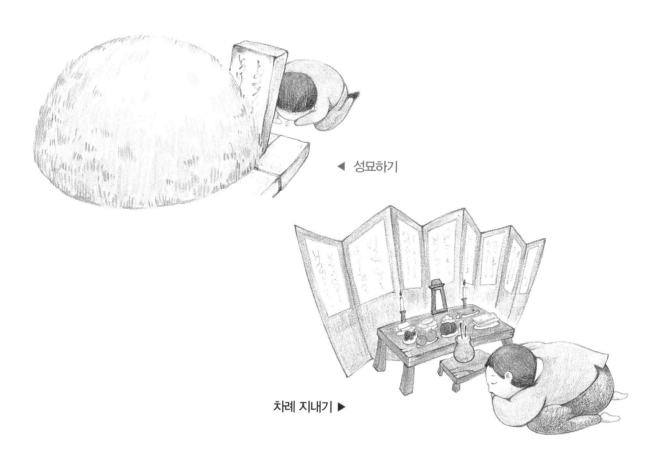

◀ 성묘하기

차례 지내기 ▶

옥토끼의 소원

글 고상한 그림책 연구소 | **그림** Me

펴낸날 2022년 2월 15일 개정판 1쇄

펴낸이 김상수 | **기획·편집** 이성령, 권정화, 조유진 | **디자인** 문정선, 조은영 | **영업·마케팅** 황형석, 임혜은

펴낸곳 루크하우스 | **주소** 서울시 서초구 사임당로 50 해양빌딩 504호 | **전화** 02)468-5057 | **팩스** 02)468-5051

출판등록 2010년 12월 15일 제2010-59호

www.lukhouse.com
cafe.naver.com/lukhouse

ISBN 979-11-5568-501-3 64800
ISBN 979-11-5568-496-2 (세트)

※ 잘못된 책은 구입처에서 바꾸어 드립니다.
※ 값은 뒤표지에 있습니다.

상상의집